문학과지성 시인선 17

또 다른 별에서

김혜순 시집

문학과지성사

문학과지성사에서 펴낸 김혜순의 시집

아버지가 세운 허수아비(1985, 개정판 1994)
우리들의 陰畵(1990, 개정판 1995)
나의 우파니샤드, 서울(1994)
불쌍한 사랑 기계(1997)
달력 공장 공장장님 보세요(2000)
한 잔의 붉은 거울(2004)
당신의 첫(2008)
슬픔치약 거울크림(2011)
피어라 돼지(2016)
어느 별의 지옥(2017, 시인선 R)
날개 환상통(2019)
지구가 죽으면 달은 누굴 돌지?(2022)

문학과지성 시인선 17

또 다른 별에서

초판 1쇄 발행 1981년 9월 25일
초판 13쇄 발행 2024년 4월 22일

지 은 이 김혜순
펴 낸 이 이광호
펴 낸 곳 ㈜**문학과지성사**

등록번호 제1993-000098호
주   소 04034 서울 마포구 잔다리로7길 18(서교동 377-20)
전   화 02)338-7224
팩   스 02)323-4180(편집)   02)338-7221(영업)
전자우편 moonji@moonji.com
홈페이지 www.moonji.com

© 김혜순, 1981. Printed in Seoul, Korea

ISBN 89-320-0126-X 02810

이 책의 판권은 지은이와 ㈜**문학과지성사**에 있습니다.
양측의 서면 동의 없는 무단 전재 및 복제를 금합니다.

문학과지성 시인선 17

또 다른 별에서

김혜순

일러두기
본 시의 제목과 본문에 쓰인 한자 표기는 대부분 한글과 병기하였다.
(2020년 8월 기준)

또 다른 별에서

차례

해설

I. 1980~1981

납작납작
—박수근 화법을 위하여

드문드문 세상을 끊어내어
한 며칠 눌렀다가
벽에 걸어 놓고 바라본다.
흰 하늘과 쭈그린 아낙네 둘이
벽 위에 납작하게 뻗어 있다.
가끔 심심하면
여편네와 아이들도
한 며칠 눌렀다가 벽에 붙여 놓고
하나님 보시기 어떻습니까?
조심스럽게 물어 본다.

발바닥도 없이 서성서성.
입술도 없이 슬그머니.
표정도 없이 슬그머니.
그렇게 웃고 나서
피도 눈물도 없이 바짝 마르기.
그리곤 드디어 납작해진
천지 만물을 한 줄에 꿰어 놓고
가이없이 한없이 펄렁 펄렁.
하나님, 보시니 마땅합니까?

한강漢江물 얼고, 눈이 내린 날

한강물 얼고, 눈이 내린 날
강물에 붙들린 배들을 구경하러 나갔다.
훈련받나봐, 아니야 발등까지 딱딱하게 얼었대.
우리는 강물 위에 서서 일렬로 늘어선 배들을
비웃느라 시시덕거렸다.

한강물 흐르지 못해 눈이 덮은 날
강물 위로 빙그르르, 빙그르르.
웃음을 참지 못해 나뒹굴며, 우리는
보았다. 얼어붙은 하늘 사이로 붙박인 말들을.

언 강물과 언 하늘이 맞붙은 사이로
저어가지 못하는 배들이 나란히
날아가지 못하는 말들이 나란히
숨죽이고 있는 것을 비웃으며, 우리는
빙그르르. 올 겨울 몹시 춥고 얼음이 꽝꽝꽝 얼고.

귀뚜라미만큼 작아지기 위하여

눈이 내린 날, 귀뚜라미에 다가가기 위하여 우리는 엎
드렸다.
엎드려서 손을 뻗쳤다.
그러나 우리의 빈 손만 허공에서 만날 뿐
귀뚜라미는 없었다.

없는 귀뚜라미에 다가가기 위하여 우리는 나뒹굴었다.
나뒹굴면서 고래고래 욕을 퍼부어댔다.
〈꼬리 없는 년〉〈그 목소리 고운 년〉〈그년 나쁜 년〉
그러나 허공만 퍽 퍽 떨어져 쌓일 뿐
귀뚜라미는 없었다.

귀뚜라미 소리를 안으려 우리는 눈 위를 뛰었다. 간절히.
눈이 내린 날, 귀뚜라미 소리에 다가가기 위하여
우리는 헐떡였다.
〈우리 발자국은 왜 이리 클까?〉 너는 말했다.

우리는 정말 귀뚜라미만큼 작아지고, 작아지고 싶었다.

명경양로원明鏡養老院에서 친구를 먼저 보
내는 한 노옹老翁에게서 들은 한 마디

거울 앞에서
머리를 빗다 말고, 여보
머리카락이 도로 검어지는군 그래.
거울 앞에서 입을 헤벌리곤, 여보
이빨이 세 개 남았어.
거울 앞에 누워서 다섯 손가락을 흔들며, 여보
멈춰지지가 않아. 이것 봐, 정말이야.

거울이 소리 없이 걸어가면서, 그 자식 이제
다 됐군. 머리칼이 없어.
거울이 계속 걸어가면서, 그 자식 이제
이빨마저 다 빠졌군.
거울이 계속계속 걸어가면서 그 자식, 그 자식
중풍마저 걸렸군. 거울이 다 걸어가 버리고
이제 거울이 사라지자
그는 반듯이 누우며, 손주를 봤으면
봤으면. 숨이 졌다오.
내 거울 저 밖으로 떠나가 버렸다오.

가야금

가을의 창가에 넘쳐 흐르는 하늘
가을의 하늘로 피어오르는 안개
그 사이로 기러기떼 흐르며
우는 듯, 우는 듯, 흐느끼는 듯.

기러기발 사이로 활을 튕기며,
땅을 치며, 술대를 밀며,
소리 죽여, 죽여, 죽여
넘치는 하늘, 피어오르는 강물
부르는 소리.

더운 안개의 가슴에
심금을 기대어
우는 듯, 우는 듯.
흐느끼는 듯.

사랑에 관하여

1

창문을 여시고 그대는
내 가슴에 손을 넣어
물을 퍼내셨습니다.
도망하고 싶어 집을 나서면
그대는 어느 결에 슬며시 다가와
창문을 여시고
내 가슴 속 물을 길어 가셨습니다.

퍼내고 퍼내시면 이윽고
한바탕의 깜깜함되어 나는 스러지고
그대는 창문을 여시고
텅 빈 가슴에
불씨를 던지며
따라와 따라와 말씀하셨습니다.

2

나는 그를 따라 붙는다. 악착같이 붙는다.

붙으면 도망간다, 그는. 겁을 집어먹고 도망간다.

도망가면서 나는 너의 아버지니까 접근 엄금이라고 말한다.

그러면 나는 얼른 너의 장모는 나, 바로 나라고 일러준다.

간혹 그는 난 너의 손주다라고 말하면서 달아난다.

그러면 나는 또 얼른 나는 너의 손주 며느리다, 우리의 끈을 보이겠다고 으름장을 놓는다.

머리가 나빠진다. 나빠져서 발에 밟힌다, 머리가.

그는 사랑 때문에 산이 보이지 않는다고 너스레를 떤다.

그럼 나는 산 따위는 없고 깊은 구렁뿐인 이 세상을 몰라보냐고 허풍을 떤다.

3

웃음이 그쳐지지 않는다.
웃을 때마다
러닝셔츠에 구멍이 뚫린다.

푸른 마스크를 하고 당신이
들어온다.
빛나는 가위를 들었다.
마지막 말을 할 시간이야, 이제. 일어서.
당신은 말한다.

우리는 번갈아
서로의 내장을 드러낸다.
당신도 웃기 시작한다. 키득키득
키득
당, 시, 늬, 내, 장, 은, 파, 라, 쿤, 너, 무, 굴, 떴, 어
당, 시, 늬, 내, 장, 은, 노, 라, 쿤, 황, 다, 리, 야.

웃음이 그쳐지지 않는다.
웃을 때마다
옷이 사라지고
지붕이 사라진다.
여덟 활개가 늘어난다.
시린 햇빛이
웃음을 참지 못하는
당신과 나를
흔들기 시작한다.
사철나무 잎사귀들을 온 몸에 가득 달고
당신과 내가 흔들린다.

기원棋院의 다섯 사람

누가 서럽고 누가 그리울 건가
두 사람이 장기를 두고 있다
서러울 사람과 그리울 사람이 고삐를 잡고 있다
서러움과 그리움을 놓고 마주앉아 있다

누가 죽고 누가 죽일 것인가
두 사람이 장기를 두고 있다
죽을 사람과 죽일 사람이 팽팽히 고삐를 잡고 있다
죽임과 죽음을 놓고 핏발을 세우고 있다

누구를 죽이고 누구를 서럽게 할까?
한 사람이 파리를 잡고 있다
날짜마다 빼곡히 박힌 인간들을 후려치면서
누구를 서러움에 익사시킬까?
단발머리 그 소녀가 무심히 달력을 넘기고 있다

아지랭이 말씀

대지는 부푼다.
나, 또한 부풀어오른다.
이 뼈 저 뼈의 맞물음을 풀어놓고 강물은 녹는다.
나, 또한 허리띠 풀고, 온 몸이 가려워, 가려워.

    왜 웃으실까?
    의사 선생님도, 웃으시다니.
    내 목 안에서 곰팡이 긴 끈을 끌어내시며
    오늘 의사 선생님, 자꾸 웃으시다니.
    〈너를 오늘 이스트 1티스푼
    효모 2티스푼에 처방한다〉

뼈들이 일어선다.
탈골이 시작된다.
뼈와 뼈, 그 사이로 바람이 드나들고
바람 속에 곰팡이꽃 핀다.
곰팡이꽃 곁에 뭉게뭉게 무덤들도 보인다.

코페르니쿠스의 어머니

알을 파는 가게에 가면
알을 낳아 보셨어요?
묻던 그 목소리 생각났지.

하나님의 목소리 속
하나님의 부끄러운 궁륭 한 덩이
쉬지 않고 돌려 보던 내 아들이 생각났지.
그 부끄러움 속에 뿌리박은 한 송이 민들레
민들레꽃 곁에 눈 감은 내 아들의 짙은 눈썹
그 눈썹 위에 흙을 퍼붓던 네모난 얼굴들도 생각났지.

고층 빌딩 유리창닦이

사람들보다 하늘과 구름이 더 가깝게 보인다.

술을 마신다.

한 잔 마시고, 두 잔 마시고가 아니라, 스물 일곱 잔 마시고, 스물 여섯 잔 마신다. 유리컵 안에는 종이와 싸우는 사람들이 떠돌고 있고 가끔씩 수초들이 흔들거리는 것도 보인다. 스물 다섯 잔째 술을 마실 때 지상에서 올라온 새들이 유리창에 부딪쳐 머리를 깬다. 낮달이 머리 위로 떨어진다. 내려갈수록 취기는 올라온다. 마시는 나를 누군가 또 마신다. 네 잔 마시고, 세 잔 마시고, 두 잔 마시고, 한 잔 마신다. 더욱더 취기가 올라온다. 어느덧 사람들이 하늘과 구름보다 가깝게 보인다.

나는 배를 움켜잡고 스물 일곱 장의 대형 유리를 토하기 시작한다.

전염병동에서

화창한 여름 날
희디흰 방에
네 개의 섬이 조용히
떠 있었습니다.

그러던 어느 바람
몹시 세던 날
외로운 섬 하나 그만
파도에 묻혀 버렸습니다.
남겨진 섬들이
이리저리 몸을 흔들며
억울하다 억울하다 말했습니다.

그리고 또 다음다음 날인가
빛 벌레들이
희디흰 섬의 옷자락에
내려앉던 그날
그만 두 개의 섬도 차례로
파도에 먹혀 버렸습니다.

이제 홀로 남은 섬 하나는
이불 자락을 입 속 깊이 쑤셔박으며
되돌아 누웠습니다.
홀로 남은 내 발가락 사이로
희디흰 파도들이 찰랑거리며
드나드는 것이 보였습니다.

봉선화

조상祖上들은, 깊이 잠든 밤
잠시 돌아와 노래를 불러 주었다.
우리 조상들의 서러운 노래 소리는
한 가닥 희디흰 실처럼 풀려서
노래하면 풀어지던 내 가슴
한 오리와 즐거이 섞였다.
한밤내 봉선화 피는 소리
멀리서 들리더니
봉선화 핀 울 밑에도 비추더라던
그 달빛 한 자락도
우리들의 얽힘에 가담하였다.
가닥가닥 실들은 얽혀서
소리를 발하고
별들 다가서는 소리
공중에 떠돌던 꽃망울들 터지는 소리
우리들의 사랑에 가담하였다.
노래는 늘 풀어지고
풀어져선 다시 짜였다.
조상들은 이렇게

외로이 깨어나
생시처럼 너 불러 보는 깊은 밤
잠시 돌아와
피륙처럼 짜인 우리를
단단히 당겨 보였다.

물음표 하나

누군가 물음표에서 물음을
뽑아 버리고 있다.
닭털처럼 날리던 물음
바람에 몸을 맡긴 물음
발가벗기던 물음
온몸에 물감을 칠하던 물음
얼굴을 가린 물음
통곡하던 물음.

물음의 눈물. 눈물의 홍수. 물음의 무릎. 무릎을 당겨,
물음. 돌아누워, 물음. 좋아, 물음. 개같이 짖어 봐, 물음.
물음, 입 벌려. 물음의 침. 침의 홍수. 물음, 무릎을 조심
하라니까. 물음을 물어뜯는 물음. 잠자지 마, 물음. 노래
해, 물음. 바람처럼 흩날려, 물음. 쉼표, 이리 들어와. 물음
을 막아 서. 나가지 못하게 하란 말야, 쉼표. 물음, 물음,
제자리. 노래하는 물음. 마침표를 버린 물음. 물음만 남아
서 외로운 물음. 꼬리로 만들어진 물음. 비 맞고 꼬리를
세우던 물음. 흩날리며 입술을 깨물던 그 불쌍한 물음.

꼬리를 잃은 마침표 하나
숨죽여 울고 있다.
이제 누군가 다가가
마침표 하나에
쓰러진 물음을 쑤셔박으려 하고 있다.

낮술

술이 온 몸 가득 뿌리를 내리는군
뿌리 끝으로 반딧불이 날아 왔어
땅이 조금씩 갈라지는군
뿌리 끝에서 연기가 피어오르고 있어
반딧불이 땅 갈라진 틈으로 들어가면서
나는 반듯하게 쓰러졌어
당신은 샌드 페이퍼로 내 얼굴을 문지르는군
이봐 내 머리털 속에 반딧불이 환하지 않아?
숲 속이 환하지 않아?
나는 대낮부터 뿌리가 뽑혔어
우리 집이 조금씩 갈라지면서
별들이 떨어지는 것이 보이는군
이제 발길질일랑 멈추지 그래

수화手話하며 걸어가던 다섯 사람

세상에 소리가 쌓이기 시작하는 아침
공중의 새 소리 한 자락도 떨어져 쌓이는 아침
열심히 귀를 빚는 사람 옆에
열심히 빚은 귀를 망치는 사람이 걷고 있네요.

뱉아진 말은 어디 가서 숨었나?
한 사람이 자못 궁금한 얼굴로
말 그림자들 숲에 낚싯줄을 드리우며 가고 있네요.

세상에 소리가 쌓이는 이 아침
허겁지겁 소리를 배앝는 사람 옆에
허겁지겁 소리를 삼키는 사람도 걷고 있네요.

걷고 있는 사람 다섯 뒤에 텅 빈 구멍
다섯도 바삐바삐 뚫리어 가고 있네요.

갈피와 실마리

여의도 너른 광장엔
바람이 가고.
바람에 기대어
갈피와 실마리가 흔들립니다.
어디로 가야 하나
광장에서 그들은 서로 얽힙니다.
갈피와 실마리
콘크리트 너른 광장에서
무릎이 깨어집니다.

롤러 스케이트를 타는 갈피.
자전거 바퀴살에 감기는 갈피.
내 발목을 물어뜯는 갈피.
비를 맞는 갈피.
울고 있는 실마리 옆에 기댈 곳이 없는 갈피.

여의도, 너른 광장엔 바람이 불고.
갈피와 실마리
넘어지다넘어지다넘어지다가

갈 바를 모릅니다.
날지 못하는 새 두 마리 풀어 놓고
나 또한 갈 바를 모릅니다.

황성맹인荒城盲人 잔칫날 공옥진孔玉振의
춤사위

하루종일 얼굴을
빚었습니다, 아버지.
요사이 내 밀납 얼굴은
자주 터지고
사람들은 내 속살을
가리키며 웃음을 참지 못합니다.
아버지, 옛날옛날 나 어릴 적
내 두 눈에 실을 꿰시고
장딴지에 막대를 받쳐서
장터마다 덕쿵 덕쿵 쿵덕쿵
그렇게 장대 인형되던 일이
그립습니다.
다시 한번 심청이 되어
청아 청아 부르시면
아버지 어깨 위에 높이 올라
두 눈을 씀벅씀벅
네 활개를 번쩍번쩍
그렇게 한번만 놀아 보고 싶습니다, 아버지.
오늘은 밤새도록 춤이나 출랍니다.

내 가슴 가득히 넘치던
당달봉사, 곱사봉사, 이제는 오지 않으니
생손 터진 열 손가락에
쑥뜸일랑 팽개치고
혼자서 춤이나 덩실덩실, 아버지.

황성맹인 잔칫날 공옥진의 장탄식長歎息

　사랑방 장지문을 여니 날 선 단도가 나는 듯이 발 앞에 떨어집디다. 안방 보료 위엔 나리꽃 수천 송이가 허벅지를 내놓고 흐드러지게 웃습디다. 대청에선 둥그런 밧줄이 천천히 내 모가지를 겨냥하고 흔들리고 있습디다. 헛간 짚더미 속엔 쉰 마리 독사가 한 마리 개구리를 놓고 독을 품고 있습디다. 목욕탕 가마엔 물이 펄펄 끓고 놋대야에선 날 선 장도가 누군가 기다리고 있습디다. 부엌에선 복어알 댓 근과 독버섯을 섞어 버무린 국이 끓고 있습디다. 뒤뜰엔 쏟아질 듯, 쏟아질 듯 벌통들이 거꾸로 매달려 흔들립디다. 담장은 돌들을 잘 깎아 두 길씩 쌓고 문을 내지 않았답디다.

　에라잇, 땅이나 파고 들어가 토끼뜀이나 뛸까? 당달봉사 춤이나 출까? 내 심장 각 심실 속에 손 넣고, 봉사들이나 끌어내 볼까? 당달봉사 앉은 줄 모르고 곱사봉사 들어오는군. 곱사봉사 넘어진 줄 모르고 섭섭이봉사 들어오는군. 덕쿵덕쿵 얼싸얼싸 춤이나 실컷 추다가 복어국이나 마실까? 에라잇, 모두 함께 눈이나 번쩍 떠 볼까?

출가기出家記

6년전오늘내남자친구들은퍼마셨고나도덩달아퍼마
셨다. 그날내남자친구들은머리를깎았고나는깎지않았
다. 6년전오늘그들은뒤엉켜일어나군가軍歌를부르며흩
어졌고나도흩어졌다. 뿔, 뿔, 이. 뿔뿔이흩어져가다가나
는을지로2가쯤에서부처를하나보았다. 길가에버려져있
었다. 제법컸다. 그러나줍지않았다. 걸어가다가생각하니
그부처가나를비웃은것같다. 다시돌아와들여다보니그렇
지도않다. 그저묵묵하다. 버스를타고가다가생각하니분
명히그부처가소리내어웃었다. 다시그자리로돌아와들여
다보니그저잠, 잠하다. 나는걸어가다가뒤돌아왔다. 부처
를머리에이고집으로왔다. 책상위에올려놓고곯아떨어졌
다. 꿈인지생신지이부처가다시웃는다. 웃는다. 그러나들
여다보면묵묵잠잠. 6년전오늘미칠것만같았다. 참을수없
었다. 그누구라도참을수없었을거다. 나는정말견딜수없
어옷을몽땅벗고머리를빡빡밀고팔뚝을지지려고몸부림
쳤다. 그러다가가족들몰래오대산월정사로줄행랑을쳤다.
그망할놈의부처를피해서맹렬히.

고백告白

열!

—열 번 세는 동안에 고백하라고? 알았어.

아홉!

—벌써 아홉이야?

여덟!

—거꾸로 세는 거구나. 그럼 고백을 시작하겠⋯⋯

일곱!

—그런데 어떡하지? 고백 경험이 전혀 없는 걸.

여섯!

—좀 천천히 할 수 없니? 생각을 해야잖아. 내가 정말 그런지, 안 그런지. 또는 앞으로 그럴 건지, 또 안 그럴 건지. 혹은⋯⋯

다섯!

—⋯⋯⋯

넷!

—걷어차지 말고 숫자 세는 거에나 전념하시지.

셋!

—알았어. 한다니까, 유창하게, 고백을. 휘영청 달 밝은 밤에 이 가슴 설렙니다.

둘!

―간을 빼 주면 안 되니? 솔직히 말해서 고백이란 하고 나면 시시해지는 거 아니니?

하나 반!

―하나 반? 모두들 고백했다고? 넌 복도 많고, 애인도 많고.

하나 반의 반!

―반의 반? 때리지만 말고 네가 한번 해 봐. 그럼 널 따라하지, 내가. 정말이야. 그대로 따라 외친다니까. 너도 알다시피 난 창의력이 부족해.

하나!

―앗, 끝이야? 그럼 좋아. ……사랑해.

II. 1979

우리 두 사람

그는 어느날 백지白紙 위에 네모를 그리고
무인도라 이름 붙였다
무인도 가장자리엔 꽃씨를 뿌리고
피리를 불었다
소리 먹은
꽃들이 부지런히 피었다

어느 심심한 날, 그는 네모 안에
쉼표를 하나 그리고 달이라 불렀다
꽃들도 잠시 수그린 황혼녘
그는 한 발자욱 떨어진 곳에
물음표 두 개를 그려 놓고
다시 피리를 불었다

어느 덧 밤이 오고
쉼표가 달빛을 내뿜자
물음표 두 개가 가만히 일어섰다
네모 안의 우리 두 의문 부호가
내게서 그대까지 얼마만큼?
손을 가만히 내밀어 보았다

구구단

점호 끝나고
남은 세월을 벗겨내어
시간의 올을 풀면서 잃어버려
밤새도록 구구단을 외웠다.
숫자들은 저마다 수군대며 얽혔다.

잃어버려, 높고높은 담
잃어버려, 하나님
잃어버려, 북을 치며 다가온 너
나는 숨이 막혔던가.
잃어버려, 내가 너를 밀었을 때
피었던가, 장미꽃이.
잃어버려, 잃어버려
지워지려 하는 것들 이제 놓아 주고 잃어버려
잃어버리지 말라던 그 말을 잃어버려

밤새도록 나 혼자 구구단이나 외웠다.

마라톤

밤 기차汽車의 이빨 사이로
시리게 기어나갔다
하, 하, 하, 하 웃으며 달리는
밤 기차의 입술 가장자리에
나무들이 박혔다.
따라오던 바람이
밤 기차의 머리채를
송두리째 강바닥에 던졌다.
이빨 사이에서 자꾸 떠밀렸다.
밤 기차의 이빨 사이로 시리게
시리게 기어 나갔다.
안개가 목 위로 차올라 왔다.

죽은 새

죽은 사람이 보고 싶다.
보고 싶음만으로 숨이 막힌다.
숨막힘 속에서
머얼리
돌을 던진다.
던진 돌 속으로
새가 한 마리 힘껏 뛰어든다.
혹은 죽은 새의 날아감일까?
한 마리 죽은 새의 보고 싶음, 그만큼
서글픈 돌이 뜬다.
죽은 사람이 보고 싶다.
보고 싶음만 높이 뜨고
죽은 새 한 마리
내 가슴에 떨어진다.
새와 함께 나도 떨어진다.

무언극無言劇

나는 오늘 빈 손으로 얼음
가방 하나 만들었다.

가방을 들고 얼음
층계를 내려가면
열쇠는 주머니 안에서 녹고
나는 다시금 돌아서야만 했다.
내 도착과 출발은 늘 뒤섞이고
너의 웃음 소리는 내
가슴 속 가득히 부서졌다.

잘 닦인 소리들은 잘 부서졌다.
반짝이는 소리 하나 들고
가상의 눈물 흘리면
보이지 않는 말들이
입술 밖으로 녹아 흘렀다.
보이지 않는 말들을 간수하기에
두 손은 늘 모자라고.
너는 얼음나라 밖에.
나는 얼음나라 안에.

나는 오늘 가상의 날개 하나 달아 보았다.

노을

자전거를 타고
원숭이 한 마리
가고 있다.
주머니 안에서
장난감 안경을
꺼내 쓴 다음
힘차게 달리고 있다.
초저녁 아스팔트 위로
은행잎들이 쏟아지고
줄무늬 셔츠 안에선
문득 소리치는 아프리카.
아프리카산 원숭이의
보고 싶은 어머니.
은행잎 사이로
스미고 있다.

이중섭李仲燮 미망인未亡人의 목걸이

은지銀紙로 도배를 한 방에 우리 식구 넷이 둘러앉았습니다. 남편 왈, 복숭아 속 같지? 아내 왈, 박하 냄새가 나는데? 어린 것들 왈, 환하니까 배가 더 고파. 거울 속 같아서 창피해. 오늘 남편의 일당은 금붕어 네 마리, 개구리 세 마리, 민물 가재 한 마리. 남편 왈 거기에 아들 둘을 보태. 아내 왈, 어제도 보태구선. 남편은 오늘의 일당을 한 줄에 꿰어 목걸이를 만듭니다. 아내는 얼른 구겨진 은지 밑에 개구리 두 마리를 감춥니다. 어린 것 왈, 금붕어 목걸이보담 수제비 목걸이가 나을 거야.

돌

그들은 몰려 와서
가슴을 쳤다.
바람 한 자락 감아 쥐고
한 줄기 햇살 감아 쥐고
가슴을 쳤다.
그들은 무엇이든 움켜잡았다.
소리를 움켜잡은 자
울음 울음을 움켜잡은 자
뜀박질을 움켜잡은 자
무럭무럭 자람을 움켜잡은 자
우글우글 조상들은 가슴을 쳤다.

공터에 모여 선 우리들은
가슴을 치지 않았다.
주먹이 빠지지 않는 걸, 가슴에 박혔어.
누군가 말했다.
바람이 빠지지 않아.
가슴 속 햇살이, 무럭무럭 자람이,
주먹이 빠지지 않아.
울음 울음이 왜 빠지지 않아?
공터엔 돌무더기만 쌓여 있었다.

가난

나는 언제나 새는 중이야
그렇지 새고 말고
나만 새는 거 아냐
발바닥 밑의 모래밭도 새는 걸
모래밭 위의 지구도 새는 중이래
지고 가던 쌀자루가 자꾸 새더군
마시지 마 물이 새
이것 봐 막혔군 나만 새는 거 아냐 화내지 마
바다에 뜬 기선에서도 물이 새고 있다는데 뭘
구름에선 소나기
밤에선 아침이
모두 새나봐
새, 새, 샌다니까

게다가 비가 새는군

마주 보며 사라지기

우리는 마주 서면 마르기
시작한다.
― 창피해
그가 말했다.
― 작게 더 작게 말해
내가 대답했다.
― 창피해
이번엔 내가 말했다.
― 더 작게 아주 작게 말해 봐
이번엔 그가 대답했다.
우리는 오직 서 있음만 남긴 채
― 창피해 창피해
줄어들고 있었다.
서 있음도 무서워
― 창피해 창피해
사라져 버렸다.

새해 아침 파도 소리

잘 있었소
지금 마악 바다를 나오는 길이오
우리의 귀향을 환영해 주리라 믿소
이제는 각각 돌아가야지
누군가 떨면서 말했소
아 오늘은 싸늘히 겨울비 내려서
모두 검은 우산을 썼소
빗물은 바닷물보다 차가와 견디기 어려운 때문이오
버스가 환한 불을 켜고 멈추었소
아무도 타지 않소
버스만 멈추었다가 떠나고 다시 와 멈추고 또 떠나오
이런 엽서가 몇 십 년째나 되는구려
아 또 모두들 바다 속으로 걸어 들어가기 시작하오
우리들은 바다와 또 검은 악수를 나누게 될 거요
내년엔 꼭 버스를 타리다
복 많이 받기를

세계사

　바람아, 그대 옷고름이 열리면 먼 발치에서 파도 소리가 들리고. 꽃게 한 마리 피고, 꽃게 세 마리 피고, 꽃게 일곱 마리 피던 모래밭이 보이고. 꽃게 일곱 마리 따라서 내가 피던 모래밭이 보이고. 피어서, 피어서 기다리면 그대가 불사르던 모래밭의 전신이 보이고.

　〈아아, 그렇게 기다리던 바람아, 그대 가슴엔 물이 가득.〉

　바람은 한 겹 저고리를 벗고 머얼리 한 바다를 바라보았습니다. 한 나라의 창문이 열리고, 세 나라의 창문이 열리고, 일곱 나라의 창문이 열리고. 열린 창문마다 물을 버리던 늙은 바다를 바라보았습니다. 무너져내리던 스무 나라, 백 나라. 불쌍한 그 나라도 보았습니다. 파도가 맨발을 비비며 뛰어다니던 그 나라의 모래밭도 보았습니다.

　〈바다야, 그대 가슴엔 바람만 가득.〉

노을 속에 숟가락 넣고

이제 노을이나 먹고 싶어.
밤은 늘 무거웠고
별들은 너무 시었어.
햇빛 조금, 구름 조금, 싱싱한 하늘 조금.
이제 거짓말 같은 노을이나 먹어 둘래.

　　은빛 숟가락아 진군하라
　　일순의 감격처럼 노을은 쉬이 녹고
　　검은 보리떡 밤이 오리니
　　미친 듯이 퍼 올리려므나, 저 노을이나.

배추 한 포기
저 물고기 한 마리
무얼 먹고 사는 줄 알아?
피로 쑨 죽 한 사발 저거나 먹어 둬야지.
미친 듯이 퍼 올려야지, 저 노을이나.

또 다른 별에서

죽은 어머니는 늘 돌아오시대.
여린 하늘의 살갗이 찢기우고,
구름 저편 그 언덕이 천천히
피에 젖는 황혼녘
죽은 어머니는 다시 돌아오시대.

새가 날던 이 별에 밤이 오고.
두 손으로 어머니 피를 받아
불을 지피면
내 작두 밑으로 수천 개
별들이 굴러오대.

수천 개 별들이 굴러와서 갈라지고
갈라져서 하얗게 흩어지면
구름 저편 그 언덕, 별을 줍던 아이들은
노래하대. 갈릴레오 갈릴레이 잠들었느냐.
가없는 하늘가로 별을 던지며
갈릴레오 갈릴레이 노래 불러라, 소리쳐 부르대.

죽은 어머니는 늘 돌아오시대.
부지런히 돌아오시대.
풍로 하나 안고 어둠 하나 지펴서
늘 돌아오시대
네 가슴 골짜기 그 푸른 팽이를 던지거라.
갈릴레오 갈릴레이 내 아들아
죽은 어머니는 노래하시대.

기다림

기다리던 신랑新郎은 오지 않고
누구냐?
흰 눈만 나린다.

아무도 걷지 않는 세상이 문득
한 번씩 밝아지는데
윗목에 앉은 신부新婦는
문종이만 찢고 있는데
누구냐?
메마른 눈이 한 번 더 쏟아진다.

한 사람이 지나간다.
더러운 숟가락일랑 버리고 질펀질펀
사는 거야.
피투성이 걸레, 그 사람이 멀어진다.
기다리던 신랑이 멀어진다.

벌목伐木하는 변강쇠

궁벅궁 새가 울면
불 먹은 여자가 걸어오데.
누운 말뚝들 일어서고
바람은 곧추 불어

떡갈나무가 걸어오데.
세상의 나무란 나무가
날개 털고, 눈썹 털고
전신으로 곰팡이꽃.
우뚝우뚝 걸어오데.

불 먹은 여자가 뛰어오데.
저 여자를 누가 막아.
냇물이 일어서고
나무란 나무가 빽빽하게 뛰어와서
궁벅궁 새가 울면
모두가 장승되데.

불 먹은 여자가 뛰어오고
난 알게 되었네,
이렇게 서서 죽을 줄.

막이 열리면

점점 밝아지면서

무대는 다섯 단의 잿빛
계단으로 이루어져 있다.

오 보 전방에서 들려 오는 발자욱 소리.
닫힌 손이 한 쌍 올라온다.

사 보 전방에서 들려 오는 발자욱 소리.
닫힌 손이 한 쌍 더 올라온다.

들려 오는 발자욱 소리.
닫힌 손들, 빨리빨리 올라온다.

발자욱, 발자욱 소리
닫힌 손들이 파닥이기 시작한다.

자욱한 발자욱, 발자욱 소리
쌍쌍의 손들 맹렬하게 파닥인다.

발자욱 소리 멈춘다.
열린 손들, 영문을 몰라
무대와 객석을 가득 맴돌고
계단에 떨어지는 너의 손,

점점 어두워지면서

관객들 벗기 시작한다.
벗은 관객들
한 사람씩, 영문을 몰라 문득
날아오른다.

불면不眠

　「이것의 이름은 베개」「이것은 이불」「이것은 어둠」「어둠에 어떻게 문패를 달아 놓지?」「이것은 벽」「벽은 모두 여섯 개」「하나, 둘, 셋, 넷, 다섯, 여섯, 여섯이라는 것. 이것에 문패를 어떻게 달지?」「내 옆에 주무시는 이 분은 어머니」「어머니는 아버지의 아내」「저 분은 아버지」「아버지는 어머니의 남편」「그러니까 아버지는 아버지의 아내의 남편」「아버지의 아내의 남편은 아버지」「화살표에 주렁주렁 문패를 매달은 나의 평면도, 봤어?」「우스워」「우스움에 무슨 수로 문패를 달지?」「이것은 베개, 이것은 어둠, 이것은 어머니. 잠이 안 와. 내일이면 이름 따윈 흔적도 없이 사라질 텐데. 큰일났어. 게다가 이름이란 서로 바뀌기도 쉽거든」「불면증이래나봐」「불면증? 거기다 어떻게 못을 꽝꽝 박고 문패를 달아 놓지?」「잠이 안 와」「문패에 문패를 달 수도 없는 걸」

에스더 왕비

미농지보다 얇은 왕비
조그마한 두 가슴에
개미를 키우고
늘 소문자로만 서명하면서
종이꽃보다 더 작게 웃던 그 여자
유태인 에스더 왕비

밤이 오면 납작하게
슈샨 궁전을 접어 두고
푸른 뱀 한 마리 안고 든다네
두 눈에 파란 불을 켜고 든다네

소. 나. 기.

울고 싶어진 우리들이 박수를 치며
계단을 내려옵니다.
기타에서 쏟아지는 마른 머리칼을
안고 우는 한 노인을
보았습니다.
노인의 백발이 팽팽히 긴장하던 것도
그 노인의 한 방울 눈물이
한 방울 불빛을 몰래
삼키는 것도 보았습니다.
검은 탱크들이 지나간 구름 사이로
빈 드럼통이 떨어집니다.
구름 속을 달리는 기차 밖으로
기차를 탄 사람들이 쏟아집니다.
우리의 두 손바닥에선
손금이 일어서고
우리의 두 발자국 밑으론
계단이 흩어집니다.
감동한 우리들이
광장을 뒹굴며

힘찬 박수를 보낼 때
메마른 악보 한 장
넓게넓게 떠난 자리에
한 노인만 덩그러니
통곡합니다.

몰매

〈A가 좋아〉라고 나는 말했다.

그러자 B가 달려와 나를 때렸다.

〈A가 좋아라고 말해서 B에게 맞았어〉라고 말하자 C가 달려와 나를 때렸다.

〈A가 좋아라고 말해서 B에게 맞았고, B에게 맞았어라고 말해서 C에게 맞았어〉라고 말하자 A가 달려와 나를 때렸다.

〈A가 좋아라고 말해서 B에게 맞고, B에게 맞았어라고 말해서 C에게 맞고, C에게 맞았어라고 말해서 A에게 맞았어〉라고 말하자 A, B, C 모두 달려와 나를 때렸다.

나는 이제 헐떡거리며 〈맞았어, 맞았어〉라고 말하며, 맞는 수밖에 없었다.

그리고 누구를 좋아했는지 기억조차 할 수 없게 되었다.

III. 1976~1978

오월五月에, 라일락 꽃잎이

내 겨드랑이에서 팥알이 튄다. 나는 그대에게 붉은팥 세 알을 던져 본다. 팥 세 알을 받은 그대가 수상하게 엎드린다.

오월에는 모래 시계가 자주 무너지고, 무너진 시계에 팥알이 섞인다. 〈내 손바닥에 팥이라고 써 봐〉 구부린 그대가 팥 세 알을 품고 라일락 뿌리 곁으로 다가간다. 나는 그대를 은밀하게 따라가면서 〈팥을 더 줄까〉〈팥을 더 줄까〉, 오월에는 라일락 꽃잎이 세 가마니씩 팥을 게운다. 팥의 인플레.

우리의 말이 팥으로만 발음된다. 그대 입술과 내 입술이 팥팥팥 붙었다가 팥, 팥, 팥 떨어진다. 우리의 호흡이 잠깐씩 정지된다. 내가 우리의 연애를 삶아서 팥고물을 만든다. 〈내 손바닥에 콩이라고 써 봐〉 팥 세 알을 품고 그대가 더 깊은 땅 속으로 들어가면서 동그랗게 나를 말아서 드높은 지상地上으로 뿜어올린다.

내가 방문을 여니까

빈 방에 의자가 하나. 의자는 쓰러져 침을 흘렸습니다. 먼지들이 조금씩 모여서 낮게낮게 이야기하는데 느닷없이 먼지 하나가 먼지 하나의 뺨을 후려쳤습니다. 바람이 수염을 흔들며 들어오자 먼지 열 개가 먼지 열 개의 뺨을 쳤습니다. 그림자가 보이니? 먼지 하나가 제 몸을 갈라 놓고 물어 보다가 슬쩍 뺨을 쳐 보았습니다. 먼지들은 온 방을 낮게 더 낮게 헤매며 그림자가 보이니? 그림자가 보이니? 빈 방에 의자가 하나. 의자는 문득 일어서서 창가로 갔습니다.

도솔가兜率歌

죽은 어머니가 내게 와서
신발 좀 빌어달라 그러며는요
신발을 벗었더랬죠

죽은 어머니가 내게 와서
부축해다오 발이 없어서 그러며는요
두 발을 벗었더랬죠

죽은 어머니가 내게 와서
빌어달라 빌어달라 그러며는요
가슴까지 벗었더랬죠

하늘엔 산이 뜨고 길이 뜨고요
아무도 없는 곳에
둥그런 달이 두 개 뜨고 있었죠

월식月蝕

코피를 씻다 말고
그물에 걸린 달을 건져 올리면
달을 든 팔목이 힘껏 꺾인다.
하늘을 향해
한 덩이 달을 던져 본다.

한 덩이 달은
모래밭에서 깨어진다.
달빛을 주어 모래 섞인 달을 빚는다.
자꾸 코피를 흘린다.

깊고깊은 물 속에서
내가 공을 두드린다.
달은, 물에서 녹고
하늘에서 녹고,
달이 자꾸만 줄어든다.
온 세상 그득한 피비린내.

머얼리 미류나무 가지엔

시퍼런 청어가 걸려 있고
그리고 아무도 없다.

담배를 피우는 시체屍體

어디서 접시 깨어지는 소리를 들었다.
언제나 그 소리가 들렸다.
옆에서 죽은 여자의 전신이 망가진 기계처럼 흩어졌다.
꺼어먼 뼈 사이로 검은 독충들이 기어나왔다.

내가 한 마리 독충을 들고 웃는다.
혹은 말을 걸어 보고 싶다.
〈내 진술은 여기서부터 더듬기 시작〉
바, 방에는 검은 독충들이 더, 듬, 으, 며, 흩어지고

어리고 섬찟한 금을 긋는다.
내가 죽은 여자의 입술을 주어서 담배를 물려 준다.
그러다가 이내 뺏아가고 다시 물려 준다.
불이 우는 것 같다. 어디서 복숭아 냄새가 난다.

시詩 속에 사닥다리라는 말을 넣고 싶다.
사닥다리를 든 내가 계단에서 서성거린다.
창문이 열리고 흰 스카프를 쓴 죽은 여자의 얼굴이 걸
려 있다.
아, 아직도 접시 깨어지는 소리가 들린다.

세로

비오는 날 파들이 일어서서
질펀하게 웃었다.
너는 젖은 머리칼로
내 어깨 위에서 웃었다.

이제 너는 더 자라지
않겠다고 말했다.
너는 이제 너무 길어
물 흐르는 세상이
엎어져 보인다고 웃었다.

비오는 날 파밭에서
우리는 자꾸 자라
구름꽃이나 피울까.
뱀 두 마리 파밭에
웃고 서 있었다.

제목은 가뭄

종이산을 그리고
지우개를 털었어
종이 이파리를 단
나무들은 웃는 것 같았어

땅들은 조금씩조금씩
어디론가 밀리고
방향을 잃고 나무들이
낄낄낄 뿌리를 털었어

강에선 양철꽃들이
소리내어 피었어
웃다가웃다가 내가
물감을 게우며 쓰러지고
어른들 목소리마다
불꽃이 튕겼어

시詩

오늘 밤 우리는 하릴없이
이를 잡는다.
어디서 땅 위로 물 넘치는 소리 크게 들리는데
마당귀 한 구석에 쪼그리고
캄캄히 엎드려 우리는 이를 잡는다.
검은 머리채 사이사이
뼈 마디마디, 크고
작게 기어 나오는
징그러운 이들을 오늘 밤 우리는 잡는다.

하늘 가득 벗어 놓은 빛나는 것들.
우리 가슴 속과 눈 속을 드나들면서
물 웅덩이에 둥둥
미루나무 줄기줄기 기어내리는
저 빛나는 것들을
오늘 밤 우리는 잡는다.
깊고 푸른 물 속으로 끝없이 떨어지는
저 빛나는 별들을
오늘 밤 우리는 하릴없이
하염없이 잡는다.

어느날 신안新安 앞바다에

신안 앞바다 파도 위로
곰팡이꽃이 하얗게 뜰 동안
바다는 말하지 않았다.
굶주린 여자들이
물 속에서 입을 벌리고 울 동안
우리의 씨앗의 씨앗이
껌껌하게 숨죽일 동안
바다는 아무 말도 하지 않았다.

다시 갑판 위에
돛을 낮게 내리고
불을 모두 껐다.
조개 모양 연적
그 연적 안에 피 한 웅큼을 쏟고
나는 너의 옆에
너는 입 벌린 접시 옆에
조용히 엎드리면
파도가 갑판 위로 부서졌다.
수천 년간.

우리의 무대는 열리지 않고
바람이 지나가고
홍수가 지는 동안
바다는 한 마디도 말하지 않았다.
네가 대본을 버리며
총총히 떠난 날
햇빛에 입 벌린 여자들을 빼앗기며
바다는 땀을 조금 흘렸다.

리듬

눈물 한 방울 들고 가는 여자 있어.
눈물 한 방울 들고 세상을 지우며,
지우며 가는 여자 하나 있어.
눈물 한 방울 들고 제 얼굴도 지우며 가는
여자가 하나 있어.

절름발이 여자가 간다.
부러진 다리에서
부러진 다리를 꺼내며, 꺼내며
여자가 하나 걸어간다.

울음아, 네가 끌고 가는 여자가 있어.
그 여자 끌어올리는 뜨거운 리듬이 있어
리듬이 지우며,
지우며 가는 세상이 하나 흐리어 있어.

까마귀

밤이 떠나가면서 까마귀 한 마리 놓고 갔다.

까마귀, 쓸쓸해서 등이 굽었다.

밤이 와도 이젠 데려가지 않는 그 까마귀.

　난 죽으면 까마귀 될 테야, 그는 창窓 뒤에서 늘

　중얼거렸다.

국사공부

한 도시가 녹슨 강물 위에 정박한 밤
불빛들만 수런대며 흘러가고 있었다.
그 뒤로 끈 풀린 갓들이
헤엄쳐 따라가고 있었다.
강바닥엔 횃불을 든 소년들이
비뚤어진 붕어를 삼키며 잠겨가고 있었다.

읽던 국사책을 내려 놓고
강둑에서는 나 혼자 헤매고 있었다.
생손 앓는 어머니는 고름을 따려고
탱자나무 울타리를 뒤지고 있었다.
그 뒤로 달빛이 깔깔깔
자갈밭을 뒤집으며 달려오고 있었다.
이 밤에 도시는 어디론가 떠밀리고 있었다.

사람의 날개

누가 사람의 몸에 깃털을 박는다.
제1호 깃털 펄럭임.
제2호 깃털 펄럭임.
제3호 깃털 펄럭임.

발목뼈 근처에서 제9호 깃털
세차게 펄럭이면,
사람의 몸에 박힌 깃털들
모두 펄럭임.
보고자의 깃털펜
또한 흩날림.

땅 위에선 깃털 박힌 사람들이
공중에선 날개 뜯긴 새들이
펄럭이니,
이 세상 깃털 만재滿載, 자유 만재.
또, 한 사람의 몸에 깃털이
박힌다.

제1호 깃털 맹렬히 펄럭임.

서울 신기루蜃氣樓

한 방房 건너고, 두 방 건너서
사람들이 돌아온다.
불개미 한 마리에 불개미 한 마리가 얹혀서
사각사각 사람들이 돌아온다.
잠시 수그려 보면
여기서 소리들은 잦아들고
잦아드는 소리마다 은밀한 불꽃이 튀긴다.

　　마디발 곤충昆虫이 마디발 언어言語를 낳고,
　　마디발 곤충을 낳고, 낳고, 나을 때
　　문 밖에 서 계신 어머니,
　　우리 어머니. 나는 알려고 하지 않는다.
　　내가 어디에서 왔는지를.
　　한 방 건너고 두 방 건너서
　　누가 아직도 돌아갈 수 있을까?

거기선 새도록 당나귀들이 떠나고
붉은 꽃 샐비어 지는 향기 하늘 높다지만
아무도 돌아가지 못하고

우왕좌왕 바삐바삐 이 방에서 이 방으로
건너 다니기만 할 때 나는 듣는다.
네가 부르던 외마디 가엾은 노래.

스물 둘의 저녁 식사

밤이 오고 있었다.
모두 긴장하고 있었다.
갑자기 뒷뜰에서 살구들

떨어지는 소리가 들렸다.
낯선 거리에서 복면을 쓰고

종이를 뿌리다가 돌아온 저녁, 우리는
고우고우 스텝으로 저녁 식탁 둘레를

돌기 시작했다.
일곱 마리 새끼를 물어 죽인 해피도

우리를 따라 스텝을 밟고 있었다.
아 별들이 모두 고우고우로 떨어지고 있었다.
뒷뜰의 살구들도. 해피가 죽인 일곱 마리도.

우리들이 던지던 종이 조각도.
별 스물 두 개도. 차례로 고우고우
떨어지고 있었다. 떨어지고 있었다.

해부解剖

옷을 입은 그들이
옷을 벗은 나를 풀었다.
나의 가슴엔 두 송이 백합
백합 두 송이 캐내면
내 꿈들이 터지는 소리
내 비명 소리.
내 가슴 밑둥지
독버섯을 따내며
그들은 호통을 쳤다.
가슴 속 골목골목
버섯꽃들이 자꾸만 썩어서
꿈들은 이리저리 섞이고
호미를 든 그들은 지쳐서
광주리를 버리고 가슴 속
언덕 밭에서 쉬었다.
일생의 내 꿈들을 창피하게 창피하게 흙으며
옷을 입은 그들은 지겹다, 지겹다 말했다.
내 머리맡에는 백합 두 송이
썩고 있었다.

말

1. 마지막 말의 모양

모두 말을 해 봐요. 말이 사라지는 것을 봐요. 오늘 말들은 걸어서 저 숲 속으로 가네요. 말들이 낡은 나무 의자에 기대고 황금 기타를 치고 있네요.

불을 더 때고 한 모금 말을 해 봐요. 소리 칠 줄 알아요? 누군가 내 말을 지우고 있어요. 지워지고, 지워지고 신문지 부스러기가 날아다녀요. 초, 록, 색, 별, 이, 부, 서, 지, 고, 있, 어, 요. 황금의 음표도 쏟아지고 어디선가 초록색 뱀 한 마리 나타나 쉼표만 골라서 먹어요. 숨이 차요. 수, 미, 차……

자, 같이 웃어요. 급히 웃으라니까요. 웃기라도 해야잖아요? 말들이 낡은 나무 의자와 함께 지워지려 해요. 스폰지 같은 말의 그림자만 남아서 무너지고 있어요.

스폰지를 사랑할 수 있어요?
스폰지에 물이나 먹여 봐요.
── 잠시 캄캄함 ──
── 캄캄함의 계속 ──

── 모두 아, 하고 입 벌려! ──

말

2. 말의 긴장

다시 말할 수 있어요? 초, 록, 초, 록 냉장된 내 말이 지하실 윤전기 속에서 도는 것, 봐요.

마당에 입 대고 말해요. 네 잎 크로바가 사방 연속 무늬로 피어나고 말에는 시간 꽃이 피어요. 파도에 입 대고 말해요. 배들이 항구를 떠나고 갈매기떼 높이 그대 말이 뛰어오를 거예요.

냉동된 우리의 말에 주사 놓지 말아요. 주사 맞은 말들이 어디로 가는가 숨어서 보지 말아요.

—문득 벨 소리—
—대포 소리—

—모두 아, 하고 입 벌려—

말

3. 〈아〉 자字 처음 피어나는 소리

우리 물 속에서라도 말을 해 봐. 초록색 뱀장어 한 마리 물 뱉는 소리 들리지? 우리 뱀장어처럼 속삭여 봐.

죽은 사람들의 대답을 듣고 싶어. 죽은 사람들의 말이 불을 켜고 떠나며 우리들을 간질어, 물 먹은 그 말들이 세모만 만들며 뛰어다니면 파도가 높아.

진초록 세모벽은 갯벌에 부서지고, 부서지는데 우리들의 목울대는 터지지 않아. 초록색 뱀 한 마리 물 속에 우두커니, 우리를 봐.

우리, 불을 켜고 돛단배라도 띠울까? 어서 입을 벌려 봐. 파도 소리, 돛단배 떠나는 소리. 초록, 초록 물 한 방울, 말 한 마디. 초, 록, 뱀, 한 마리. 세모꼴 부서지는 소리. 「아」「아」「아」 입이라도 벌려 봐.

말

4. 소나기 말씀

모두 귀 기울이고 들어 봐요.

하늘 나라 조상들이 땅 나라 사람들을 향해 일제히 물 시위를 당겨요. 비 맞은 오리가 쓰러지고, 쓰러져선 꿈의 나라로 거슬러 올라가요. 저기 저 산을 넘어 오리가 가고 있네요. 모두 잘 들어 두어요. 하늘 나라 조상들이 일제히 말하기 시작했어요. 그 말씀을 들어 두어요. 우리도 저 청둥오리 따라서 거슬러 가 볼래요? 먼 산이 흔들리다 흩어지네요. 저기 저 사라지는 젖은 도포 자락을 빨리 따라가 봐요. 하늘 나라 그 말씀이 떠내려가잖아요? 무너지는 산천 초목들 윽박지르며 조상님 그 말씀이 퍽퍽 흩어지네요.

휘파람 불 줄 알아요? 아니
귀신들 부를 줄 알아요?
비, 바람 소리.
빗물, 못물이 일제히 거슬러 올라가는 소리.
을, 음, 울음 소리. 조상들 눈물, 눈물, 눈물.

즐거운 여행

가족은 흩어져서 잠든다.
너는 베란다에서 잠들고, 나는 비좁은 다락에 눕는다.
나는 새삼스레 네가 던졌던 바늘들을 다시 삼키며
비수 같은 눈물을 헉헉 삼키고
너는 바람 부는 곳에 누워 하늘의 별들을 팽개친다.

이부자리와 식탁은 비워 놓고
가족은 각자 먹고 마시며
짐짓 즐거운 척 여행한다.
우리집 중심에 웅덩이가 패고, 그 웅덩이에
수련꽃들이 피어나도
너는 천정 모서리를 기어나간다.
가끔 우리는 천정 모서리에서 부딪친다.
스쳐 지난다고 해야 옳다.
(부디 즐거운 여행이시길)

너는 어느 깊은 밤 갑자기 중심으로 돌아온다.
　　―여행은 즐거웠어. 그때 거기 더블린 눈 내리는 방갈
로 말이야. 거기 알지? 몰라? 아참, 나 혼자 갔었지.
　　(겨우 베란다나 나간 주제에) 그렇지만 나는 더블린,
더블린 하며 웃는다. 어쨌든 가족은 떠났었으니까.

진실

어느 날 그 예술가는
진실이 뭔지 모른다고
모른다고 대로상大路上에서 나를
흠씬 두들겨 팼다.
—진실도 몰라! 몰라? 정말 몰라?
—알아, 이제 알게 됐다니까.
—뭐야, 그럼 말해 봐.
—이렇게 걷어채이면서도 아프지 않은 거.
그는 나를 또 두들겨팼다.
더욱더 신나게.

며칠후 대로상에서, 나는
그 예술가를 다시 만났다.
여쭈었다, 나는. 정중하게.
진실이라는 게 뭣인지요.
그러자 그는 힛쭉힛쭉
내게 되물었다.
스무고개하는 거오니이까? 좋습니다. 그럼 첫째 고개.
그게 먹는 거 아니오니이까?
—똥강아지 녀석!

방법적 드러냄의 세계

오규원
(시인)

김혜순은 1979년 겨울호 『문학과지성』에 「담배를 피
우는 詩人」 「마라톤」 「월식」 「도솔가」를 발표하면서 작
품 활동을 시작한 사람이다. 그는 또 같은 해 『동아일
보』 신춘문예에 詩에 관한 평론으로 입선을 하고 있다.

이번 그가 묶은 시집은 3부로 나뉘어져 있는데, 비
교적 오래된 것으로 보이는 「말」이란 작품에서 최근의
「납작납작」에 이르기까지 그의 작품들은 퍽 일관성 있
는 방법론을 갖추고 있다. 그것은 시적 대상을 어떤 관
념으로 파악하거나 재해석하는 게 아니라 그 대상을 주
관적으로 왜곡시켜 언어로 정착시키는 작업을 통해서
대상을 새롭게 드러냄과 동시에, 그 새롭게 드러난 대
상을 있게 하는 언어의 존재 또는 언어의 아름다움이

어떤 것인가를 우리 앞에 내보임—바로 그것이다. 그러므로 그의 시에서 우리가 어떤 분명한 메시지를 읽고자 하면 그가 노리고 있는 세계를 모두 놓치는 결과를 빚는다. 이런 사실은 근작에 오면 올수록 더욱 그렇다.

그가 대상을 접근하는 가장 근간이 되는 방법을 보여주는 것이 「마라톤」이다. 이 작품을 읽고 난 뒤에 「리듬」을 읽으면 그가 어디에서 지금의 방향으로 오고 있는지 확실해진다.

밤 기차汽車의 이빨 사이로
시리게 기어나갔다
하, 하, 하, 하 웃으며 달리는
밤 기차의 입술 가장자리에
나무들이 박혔다.
따라오던 바람이
밤 기차의 머리채를
송두리째 강바닥에 던졌다.
이빨 사이에서 자꾸 떠밀렸다.
밤 기차의 이빨 사이로 시리게
시리게 기어 나갔다.
안개가 목 위로 차올라 왔다.

—「마라톤」

위의 작품은 달리는 밤 기차와 주변 풍경을 언어로 정착시켜 놓은 한 폭의 그림이다. 그는 여기에서 다른 아무런 것을 보여 주려고 하지 않는다. 처음부터 끝까지 달리는 밤 기차와 그에 따른 변화에 대한 순간적 인상에 대한 묘사이다.

눈물 한 방울 들고 가는 여자 있어.
눈물 한 방울 들고 세상을 지우며,
지우며 가는 여자 하나 있어.
눈물 한 방울 들고 제 얼굴도 지우며 가는
여자가 하나 있어.

위의 구절은 「리듬」의 첫 부분이다. 「마라톤」과 달리 이 작품에서는 여자의 이미지가 대단히 섬세하게 그려지고 있다. 우리가 일반적으로 말하는 한恨이란 감정의 색채와 리듬까지를 동반한 이미지이다. 이 두 작품 사이에는 분명히 거리가 있다. 「마라톤」은 구체적 이미지가 없는 순간의 점묘인 데 비해, 「리듬」은 작가가 그리고 싶은 구체적인 심상이 존재한다는 점이 바로 그것이다. 그러나 두 작품 사이의 거리에도 불구하고 우리가 지적할 수 있는 사실이 있다. 그가 묘사로 일관하고 있다는 점이 그것이다. 또 그 묘사는 대상을 객관적 혹은 사실적으로 그리고 있지 않다는 점에서 방법적인 왜곡

이다. 그가 방법론에 큰 관심을 기울이고 있음을 다음
과 같은 최근의 작품이 아주 잘 말해준다.

드문드문 세상을 끊어내어
한 며칠 눌렀다가
벽에 걸어 놓고 바라본다.
흰 하늘과 쭈그린 아낙네 둘이
벽 위에 납작하게 뻗어 있다.
가끔 심심하면
여편네와 아이들도
한 며칠 눌렀다가 벽에 붙여 놓고
하나님 보시기 어떻습니까?
조심스럽게 물어 본다.

발바닥도 없이 서성서성.
입술도 없이 슬그머니.
표정도 없이 슬그머니.
그렇게 웃고 나서
피도 눈물도 없이 바짝 마르기.
그리곤 드디어 납작해진
천지 만물을 한 줄에 꿰어 놓고
가이없이 한없이 펄렁 펄렁.
하나님, 보시니 마땅합니까?

위의 인용은 "박수근 화법을 위하여"라는 부제가 붙은 「납작납작」의 전문인데, 한편으로 보면 시로 쓴 박수근론 같지만 사실은 박수근의 회화적 방법으로 쓴 시이다. 그러니까, 이 작품에서 우리가 읽어야 하고 또 읽을 수 있는 것은 박수근이란 한 화가에 대한 어떤 가치 규정이라든가 하는 그런 것이 아니고 박수근적 방법론으로 대상을 볼 때 어떤 결과를 빚어내느냐이다. 때문에 부제도 "박수근을 위하여"가 아니라 "박수근의 화법을 위하여"이다. 알다시피, 박수근의 그림은 화강석에 조각된 고대화 같은, 기름기가 배제된 건삽한 마티에르와 색채가 극도로 단순화된 향토적 대상을 평면적 구도의 화면에 밀착시키고 있는 독특한 세계이다. 이 화법을 그대로 언어로 정착시킨 게 바로 그의 「납작납작」인데, 참으로 아름답게도 그의 묘사는 이 박수근의 화법을 성공적으로 이룩해낸다.

그는 박수근의 극도로 단순화된, 그리고 평면화된 구도를 "드문드문 세상을 끊어내어/한 며칠 눌렀다가"라는 아주 단순화된, 그러니까 박수근의 화법 같은 그런 묘사의 구문으로 드러낸다. 이 하나의 묘사가 가능해짐으로써, 그는 계속해서 "흰 하늘과 쭈그린 아낙네 둘이/벽 위에 납작하게 뻗어" 있고, "가끔 심심하면/여편네와 아이들도/한 며칠 눌렀다가 벽에 붙여 놓고" 있는, 한 화가의 납작납작함의 세계를 언어로 표현하는

데 성공한다. "입술도 없이 슬그머니./표정도 없이 슬그머니./그렇게 웃고 나서/피도 눈물도 없이 바짝 마르기"는 물론 박수근이 그의 인물들의 표정을 모두 의도적으로 생략해버린 점에 대한 그의 해석이며, 그러니까 그의 그림은 "드디어 납작해진/천지 만물을 한 줄에 꿰기"라는 그의 주석이다. 그렇다면, "하나님 보시기 어떻습니까?/조심스럽게 물어 본다"란 누가 물어보는 말인가? 이 구절은 이중의 의미를 띤다. 구문상으로는 물론 박수근이 하는 말로 되어 있다. 그러나 사실은 그의 입을 빌려 그가 우리에게 물어보는, 또는 자신에게 물어보는 즐거운 질문법의 하나이다. 즉, 그의 언어가 빚어낸 새로운 드러냄을 스스로에게 물어보는 질문형의 대답이기 때문이다.

　위의 「납작납작」에서도 보는 바와 같이 그의 시는 묘사로 일관해 있다. 또 그가 의도적으로 왜곡시킨 주문은 매우 신선한 회화적 공간으로 빛난다. 얼핏 보면 진술의 형태를 띤 것처럼 보이는 부분도 있으나, 따지고 보면 그것은 묘사의 구문에서 삭제되기 쉬운 리듬을 가미하기 위한 의도적인 노력임을 발견하게 된다.

　　i) 우리는 번갈아
　　서로의 내장을 드러낸다.
　　당신도 웃기 시작한다. 키득키득

키득

당, 시, 늬, 내, 장, 은, 파, 라, 쿤, 너, 무, 굴, 멌, 어

당, 시, 늬, 내, 장, 은, 노, 라, 쿤, 황, 다, 리, 야.

—「사랑에 관하여」

ii) 물음의 눈물. 눈물의 홍수. 물음의 무릎. 무릎을 당
겨, 물음. 돌아누워, 물음. 좋아, 물음. 개같이 짖어 봐, 물음

—「물음표 하나」

iii) 은지銀紙로 도배를 한 방에 우리 식구 넷이 둘러앉
았습니다. 남편 왈, 복숭아 속 같지? 아내 왈, 박하 냄새가
나는데? 어린 것들 왈, 환하니까 배가 더 고파. 거울 속 같
아서 창피해. 오늘 남편의 일당은 금붕어 네 마리, 개구리
세 마리, 민물 가재 한 마리.

—「이중섭李仲燮 미망인未亡人의 목걸이」

iv) 점점 밝아지면서

무대는 다섯 단의 잿빛
계단으로 이루어져 있다.

오 보 전방에서 들려 오는 발자욱 소리.
닫힌 손이 한 쌍 올라온다.

사 보 전방에서 들려 오는 발자욱 소리.

닫힌 손이 한 쌍 더 올라온다.

—「막이 열리면」

위의 i) ii) iii) iv)의 보기는 그가 리듬을 삽입하기 위해 즐겨 사용하는 방법들이다. i)은 쉼표와 소리나는 대로 적어서 말하는 사람의 어투와 속도, 그리고 강약을 그대로 표출시킨 예이다. 그가 이런 속도와 리듬에 얼마나 섬세한 배려를 아끼지 않는가는 그의 작품 구석구석에서 발견된다. 그 좋은 예가 「담배를 피우는 시체屍體」인데, 발표 당시와 달라진 곳이 다음과 같다.

〈내 진술은 여기서부터 더듬기 시작〉
바, 방에는 검은 독충들이 더듬으며 흩어지고

〈내 진술은 여기서부터 더듬기 시작〉
바, 방에는 검은 독충들이 더, 듬, 으, 며, 흩어지고

ii)의 예는 자유 연상의 수법을 차용한 반복적 구문, iii)의 경우는 진술을 리드미컬하게 묘사 속에 삽입하면서, 진술 그 자체조차 사실적으로 묘사하고 있음을 보여 주는, 말하자면 진술의 사실적이고도 음악적인 배치

법이라 할 만한 그런 방법이다. iv)는 그림과 함께 그의 또 다른 흥밋거리로 보이는 연극 무대에서의 수법을 차용한 예이다. 이런 결과는 그의 시가 대단히 회화적이라고 느낄 만큼 묘사로 일관되어 있으면서도 매우 리드미컬하다.

위의 사실들은 그가 처음 시를 쓰기 시작할 무렵에 쓴 것으로 보이는 「말」과 같이 묘사가 생경한 관념으로 남아 있는 곳에서부터 「몰매」의 만만찮은 인식에 이르는 과정까지를 한 눈에 보여준다.

다시 말할 수 있어요? 초, 록, 초, 록 냉장된 내 말이 지하철 윤전기 속에서 도는 것, 봐요.

—「말」(p. 87)

〈A가 좋아〉라고 나는 말했다.

그러자 B가 달려와 나를 때렸다.

〈A가 좋아라고 말해서 B에게 맞았어〉라고 말하자 C가 달려와 나를 때렸다.

〈A가 좋아라고 말해서 B에게 맞았고, B에게 맞았어라고 말해서 C에게 맞았어〉라고 말하자 A가 달려와 나를 때렸다.

〈A가 좋아라고 말해서 B에게 맞고, B에게 맞았어라고 말해서 C에게 맞고, C에게 맞았어라고 말해서 A에게 맞았어〉라고 말하자 A, B, C 모두 달려와 나를 때렸다.

　나는 이제 헐떡거리며 〈맞았어, 맞았어〉라고 말하며, 맞는 수밖에 없었다.

　그리고 누구를 좋아했는지 기억조차 할 수 없게 되었다.
—「몰매」

　「말」에 나오는 "냉장된 내 말" "내 말이 지하철 윤전기 속에서 도는 것, 봐요"라는 진술 형태의 묘사는 결코 성공적이라고 볼 수가 없다. 그러나 「몰매」의 단순하고도 유머러스한 진술의 연속 묘사는 페터 빅셀을 연상시킬 만큼 단단하고도 극적이다.

　앞에서 나온 「담배를 피우는 시체」는 처음 발표할 때는 「담배를 피우는 시인詩人」으로 되어 있다. 어떠한 이유로 제목이 바뀌었는지는 알 수 없으나 내가 보기로는 "시체" 쪽이 훨씬 그의 시 제목답다고 느껴진다. 시의 제목은 개개인 시인의 세계나 그 방법에 따라 그 중요성이 강조될 때도 있고 그렇지 않을 경우도 있다. 대체로 방법론을 앞세우는 시인, 특히 어떤 관념이나 진술을 앞세우기를 꺼리는 시인의 경우, 그럴 경우, 나는 시의 제목이 명백하면 할수록 좋다고 생각하고 있다. 그것이 바로 시인의 솔직성과 관련되어 있기 때문이다.

　가끔 보면 분명히 이런 쪽의 시를 쓰는 사람이 이상한 제목을 붙이는 경우가 있다. 그러나 이것은 선험적인 어떤 시구를 지나치게 확대 해석하여 그것에다 억지로 의미를 부여하려고 노력하는 이론과 같이 매우 어색하다. 한 구절의 멋진 시구(선험적인 냄새가 나는 시구)는 대개 격언이나 금언과 같이 우리의 보편적 감수성을 쉽게 점령한다. 그러나 구체적으로 그 시구가 그 시인의 어떤 의식이나 경험이나 또는 방법과 연관되어 있는가를 살펴보면 멋지기는 하지만 잘 모를 경우가 흔히 있다. 이건 그런 시에다 상당한 의미를 부여하려고 노력하는 이론의 경우와 마찬가지이다. 그 이론은 그 시와 마찬가지로 분석적이 아니라 추상적인 감상이란 점에 대해서 시인들도 알 필요가 있다. 한 사람의 시를 해석하는 작업이란 그러니까 그의 정신적 모험의 궤적이 어느 곳이며, 그것이 어떤 의미를 지니는가라는 점에 따르는 일일 수밖에 없다. 시인의 시란 한 편만의 시詩일 수야 없으니까 말이다.

따지고 보면 김혜순의 시 속에는 현실 감각이 강한 작품과 연극·미술·판소리 등에 얽힌 작품과, 그리고 우리가 한이라 일컫는 그것의 색채를 강하게 풍기는 것들이 섞여 있다. 그렇다면 그의 의식이 차츰 이 시대를 살아가는 아픔을 노래하는 쪽으로 기울고 있는 것일까?

「물음표 하나」「갈피와 실마리」「황성맹인 잔칫날 공옥진의 장탄식長歎息」 등은 현실감각이 강하게 노출되어 있고, 「리듬」「도솔가」 등은 한의 색채가 강하다. 시인이 가진 이런 관심의 측면에서 본다면, 이것들은 한 가지로 쉽게 묶이지 않는 완강한 구석을 가지고 있다.

누군가 물음표에서 물음을
뽑아 버리고 있다.
닭털처럼 날리던 물음
바람에 몸을 맡긴 물음
발가벗기던 물음
온몸에 물감을 칠하던 물음
얼굴을 가린 물음
통곡하던 물음.

—「물음표 하나」

여의도 너른 광장엔
바람이 가고.
바람에 기대어
갈피와 실마리가 흔들립니다.
어디로 가야 하나
광장에서 그들은 서로 얽힙니다.
갈피와 실마리
콘크리트 너른 광장에서
무릎이 깨어집니다.

—「갈피와 실마리」

사랑방 장지문을 여니 날 선 단도가 나는 듯이 발 앞에
떨어집디다. 안방 보료 위엔 나리꽃 수천 송이가 허벅지
를 내놓고 흐드러지게 웃습디다. 〔……〕 헛간 짚더미 속
엔 쉰 마리 독사가 한 마리 개구리를 놓고 독을 품고 있습
디다. 〔……〕

에라잇, 땅이나 파고 들어가 토끼뜀이나 뛸까? 당달봉
사 춤이나 출까? 내 심장 각 심실 속에 손 넣고, 봉사들이
나 끌어내 볼까? 당달봉사 앉은 줄 모르고 곱사봉사 들어
오는군. 곱사봉사 넘어진 줄 모르고 섭섭이봉사 들어오는
군. 덕쿵덕쿵 얼싸얼싸 춤이나 실컷 추다가 복어국이나
마실까? 에라잇, 모두 함께 눈이나 번쩍 떠 볼까?
— 「황성맹인 잔칫날 공옥진의 장탄식」

위의 작품들은 그가 얼마만큼의 시대적時代的 관찰력
을 가졌는가를 유감 없이 알려 주는 좋은 예이다. 그러
나 그가 이러한 작품과 「납작납작」을 같은 시기에 쓰고
있다는 사실은 또 그가 이런 시적 대상을 어떠한 방법
으로 드러내는가 하는 일관된 방법론에 의해 드러내고
있다는 사실은, 그의 연극이나 그림, 그리고 판소리 등
에 관한 관심도와 함께 그의 시가 어떤 관념이나 주장
에 억눌려 있지 않고 방법적 드러냄의 아름다움—그것

으로 존재함을 강력히 시사한다. 그렇기 때문에 「납작
납작」과 「갈피와 실마리」가 공존해도 그 색채가 하나로
빛나는 세계이다. ▨